张炜工作室

张炜工作室文丛

集体失传

葛小明——著

山东教育出版社
·济南·

图书在版编目（CIP）数据

集体失传 / 葛小明著 . — 济南：山东教育出版社，2021.12（2024.9重印）
（张炜工作室文丛）
ISBN 978-7-5701-1838-0

Ⅰ. ①集… Ⅱ. ①葛… Ⅲ. ①诗集 – 中国 – 当代 Ⅳ. ①I227

中国版本图书馆CIP数据核字（2021）第187268号

ZHANG WEI GONGZUOSHI WENCONG
JITI SHICHUAN

张炜工作室文丛
集体失传　　葛小明　著

主管单位：山东出版传媒股份有限公司
出 版 人：刘东杰
出版发行：山东教育出版社
地址：济南市市中区二环南路2066号4区1号　　邮编：250003
电话：（0531）82092660　　网址：www.sjs.com.cn
印　　刷：山东华立印务有限公司
版　　次：2021年12月第1版
印　　次：2024年9月第2次印刷
开　　本：880毫米×1250毫米　1/32
印　　张：5.375
字　　数：80千
定　　价：48.00元

从生活中提取诗情

从新强

如今的汉语诗歌写作，不缺乏智性思辨，不缺乏历史意识，不缺乏社会现象，更不缺乏口水陈述，反而极为缺乏生活质地。生活是文学之源，看似一句大实话，实则对诗歌写作而言尤其重要。“90后”诗人葛小明的诗歌显然属于有生活的写作，直接从生活中提取诗情，获得一种原生态的力量。在其诗集《集体失传》中，有哲理诗，有爱情诗，也有政治抒情诗，但诗情最为真挚、诗艺最为成熟的还是其中的“弱势群体”写作和不可名状的“乡愁”表达。

真实的生活并不需要重新寻找，而是还原。还原本身就是一种立场，具有事实胜于雄辩的力量。《弱势群体》中写到“一棵修炼过几十年的刺槐 / 被旁边的巨石改变了命运”。修炼本是为了悟道，而如今却遇上世事变迁。“作为大山里的弱势群体/他们最终都没有得道”。看起来是一棵树，又何尝不是一个人。《石匠的日常》中就直接写到“作为石匠的父亲”的生活，支气管里蒙上了灰尘便是真实的写照。《率性事物》则更进一步，“在采石场附近，风也喜欢飞扬跋扈……想欺负哪个石匠/就钻进他的支气管”。《有时》中的“父亲的手”像“黑色的砖头”，《矿灯》中的“矿灯”与“矿井中的父亲”，其中场景异常醒目。《黄河入海流》一诗由表及里，挖掘到生活的肌理和生存的本源：“有心事就去一趟黄河口/这里的歇斯底里不会被用旧/黄河的黄/源于一颗颗面朝黄土背朝天的心”。那些在生活世界中起着重要作用的，往往并非来自所谓的经典叙事和精英思辨，而恰恰来源于对世俗日常的经历和还原。

与表现“弱势群体”有着内在的精神关联的还有“乡愁”抒写，这是葛小明诗作中最为重要的部分，也是写得最好的诗歌。在我看来，“乡愁不可名状”可以作为诗人的代表作，是诗人创作实力的集中显现。概观中国文学，“乡愁诗”绵延不绝。尤其在当代，又不断呈现出“乡”少而“愁”多的倾向。而葛小明的“乡愁诗”则有所不同，反而具有明显的“乡”多而“愁”少的特征。当然，这与其注重并坚守生活的基本底色是分不开的。《画面》描述父亲、母亲和“我”的耕种场景，《秋天是迷人的季节》集中于“收割粮食”，《谷地》面对谷地里的麻雀，“母亲说算了，谁没经历过苦日子呢”。《麦地》抒写母亲割麦，“麦子和母亲都站在大地之上/等待着最终的结局”。《中秋怀思》把母亲苍老的脸和月光做对照，“在外求学的孩子/因为几百块钱的路费/再一次错过”。《取暖》中写道，“母亲又添了几把柴，这个冬天就过去了”。《炊烟有毒》更是人生故事的诗歌表现，“一锅子菜够吃一天的/孩子在外地上学/男人在外地打工/如今生个火都不熟练了”……“真不懂炊烟有什么好赞美的/背井离乡这么多年了/谁家生火，谁家落瓦/谁家也不是自己家”。《养蚕日记》异曲同工，也是类似的写法。“六月是个再生的季节/蚕在父亲汗水里一次次蜕变/流过汗的父亲/在热气腾腾的蚕场里焕然一新”……“睡觉是最接近死亡的动作/蚕场里的父亲不敢睡”……“落日太漫长了/养蚕人的一生都在经历黄昏”。

葛小明的“乡愁诗”以“故乡人事”为主线，“人”和“故事”的因素比较突出，表达的并非浓郁解不开的“心结”，而只是淡淡的“愁绪”。《入秋》一反通常的“悲秋”模式，而是另辟蹊径：“秋天不用多嘴/所有解释不清的事情/都能在一粒米里找到答案”。《椰颂》也是如此旨归，“没有一阵风，能把稻田里的背影吹散/这朴实的大地，早把一切安顿好”。来自土地的终将回归土地，千愁万绪终将还原于世俗生活。即便《红嫂》这样的“红色诗歌”，其打动人心的力量也来自最为素朴的生活场景。“把鞋底纳得厚实一点/把粮食凑得够数一些/把家里的老人孩子照顾好/把要流出的眼泪咽回去/把院子打扫得干净一些/等着男人回来，等着敌人溃逃/这就是中国的红嫂/战火里哺育大地，灰烬中红了山河”。看似没有激情，实则饱含深情；看似平铺直叙，实则动人心弦。本来容易滑入“口号”“宣言”式的诗作类型，在紧密贴近生活的情感中，焕发出永恒的诗歌魅力。

作为“90后”诗歌写作者，葛小明没有追逐流行趋势及其元素，甚至看不到网络时代的写作套路，而是扎扎实实地进入生活，把生活融入命运，从生活中提取诗意，也就有效避免了“浅薄内容加上高超技巧”的陷阱。在这个意义上说，葛小明的诗歌之路已经铺就，并将展示出良好前景。

我的文学之路

葛小明

2020 年，我三十岁，正好而立之年。仔细算来，写诗已有七个年头了，这七年于我，是极其重要的。从大学到毕业，从毕业到找工作，从工作到买车买房，一路时有坎坷，所幸，总体还算顺利。大学前几年，尝试创作格律诗词，写了一段时间，发现它们并不属于自己，甚至不属于这个时代。

后来，转向现代诗歌的创作，也没有什么能拿出手的作品，好在自己一直坚持，没有放弃。比较清楚地记得，发表的第一组诗歌是在山东德州的一家名为《小拇指诗刊》的杂志上，与之而来的还有二十块钱稿费。从辅导员手里接过汇款通知单的时候，心里颇有些兴奋，辅导员第一次给了我一个比较正式的眼神。第一次收到稿费，都不知道怎么取，晃晃悠悠地骑着自己的二手自行车跑到了乡镇邮局，等了很长时间才把那二十块钱取到手。回来的路上，旧自行车变得异常欢快，仿佛取得了莫大的成就，它路过一排排行道树，路过曲阜的九龙山，路过一个少年最旺盛又最朴素的青春，它一直不曾停下，跑啊跑，好像有着无穷无尽的力量，不会断绝。

很长一段时间，不知道21世纪的现代诗歌是什么样子，但我知道肯定不再是艾青、臧克家等老一辈的诗作的写法了，也不完全是海子、顾城、北岛他们的诗的模样。在临沂读书的时候，知道了临沂诗群，读过一些江非、邰筐、轩辕轼轲等人的诗歌，觉得好诗差不多是那个样子。在曲阜的时候，学校图书馆有大量的文学杂志，比如《诗刊》《星星》等八大诗刊，也有为数不少的纯文学综合性刊物，比如《花城》《十月》，上面发了很多诗歌，且上面的作者大都持续“在场”，这也是我大学期间重要的诗歌阅读来源。这几年，读到了一些新鲜的诗歌，对此有了不少新的认知。

周末的时候，我会用大量的时间在图书馆的期刊阅览室主要阅读现代诗歌。我会把一些有感觉的诗的作者记下来，回去上网搜其更多的作品。也渐渐明白，好诗是没有标准的，一首诗你读下来，心里有波动，或者留下过片刻的印象，这就足够了。后来用了半年的时间研究刊物，总算熟知了投稿、发表的一些路径，把自己零零散散的稿子投出去，才有了一些不间断的发表。有几家刊物，印象颇为深刻，可以说，它们是我诗歌前行路上的加持者。一个是《山东文学》。这是我第一次在省级文学期刊发表作品，那首诗名字叫《大风》，看到自己的名字在学校图书馆的杂志里出现，还是颇有成就感的。一个是《飞天》。这家西北刊物前些年一直保持着一个栏目"大学生诗苑"，我发表了三首诗，记得其中一首是《我的孤独》，收到了120元稿费，那时候够我近一个周的伙食费了。还有《钟山》，一下子发了我23首诗，主编贾梦玮老师还特意给我发了一条短信，时隔几年，我从旧手机里翻出那条短信，仍是感慨不已。另外还有几家，不一一赘述了。

所以，我要特别感谢这些发表自然来稿的刊物和编辑老师，是他们为我这样的初出茅庐者提供了机会和平台，让我们有走下去的可能。多年来，我一直对收自然来稿的刊物怀有高度敬意。在2015年的时候，微信公众号已经盛行，文学爱好者已经可以很轻松地从手机上获取各类诗歌文本。我决定创办一个分享各类投稿邮箱的平台，于是我的公众号"每日征稿"诞生了。理所当然，它是以分享诗歌征稿信息为主，时至今日，也有近六位数的粉丝了。有部分人受益，他们的作品通过我分享的征稿信息获得了发表。在后台留言处，我经常看到有些人像我开始时的样子，苦于投稿无门，对一些基本的投稿常识一无所知。让人欣慰的是，仍旧有那么多人，尤其是年轻的文学爱好者，他们一直对文学持有敬畏，且坚持创作。

我相信诗歌是一种独一无二的表达方式，很多时候它都无可取代。但是，诗歌不是万能的，尤其是年轻人，不应该痴迷于诗歌创作。除非你在这方面确有天赋，不然还是少去碰的好。对于诗歌，止步于阅读受益就足够了。

土生土长的我，对乡下的人和事充满了高度的热情，这也使得我早期的创作方向为乡土范畴，那些生我养我的土地，给了我永远都写不完的素材。遗憾的是，我没有能力把这些表达好，只能粗枝大叶地记录。2016年，我开始了散文的写作，方向仍旧是以乡土为主，在散文里，我的笔似乎比诗歌略微生动一些，渐渐地，诗歌写得少了。所幸，对于诗歌的写作，没有因为散文的尝试而完全停下。

2016年到2017年，我在鲁东南的五莲山工作和生活，这是比较有意义的一年，它让我更加亲密地接触到了山水自然。在山上，有一座年代颇为久远的寺庙，我经常会去那里，这期间我创作了一系列诗歌和散文，是对自然和山水禅佛的一些浅薄的理解。我还深入到当地乡村之中，参与扶贫、残疾人入户调查、防火防汛等系列工作，使得我有了更多的机会亲近那里的人和事。中午的时候，我会去山下的潮白河走一走，一般是一个半小时，我在河边，不做任何事，只是单纯地亲近它们。那一年，我从五莲山里获得了一些自己以前从未有过的感觉和体验，我要感谢它们。

我的父亲是一位地地道道的农民，他侍弄庄稼的本领没有传承给我，这时常让我感到遗憾。但是我们这一代，几乎没有人去播种大地和收割秋天了，有时候想想，挺难过的，又无可奈何。从小到大，我对大地上的一草一木皆深有感情，对植物有一种天然的好感。大学毕业后，我转战于各大田野，尽自己最大的可能去识辨各种植物，总算能够将野外常见的植物识个大概。近几年，想多写写那些花花草草，完全从自我的角度去写。我知道，这是很艰难的。除了种地，父亲也会去村外打工，有时候是矿上，有时候是工地，有时候是其他的城市。我的文学创作，有一部分间接的经验来自这里，我的部分诗歌对此有所涉及，但总是浅尝辄止，我知道这是不够的。

成为张炜工作室高研班的一员，是我文学创作之路上莫大的幸运。不得不感慨一下，我的老师在而立之年已经完成了大作《古船》，而自己至今仍一事无成，拿不出像样的作品，实在惭愧。在张炜工作室这两年，所见所得，远远超出了我在大学文学课上之所学，超出了我在图书馆读过的文学期刊之所得，也超出了我以往二十多年对文学累积的认识和判断。所以，我要感谢我的老师张炜，也要感谢工作室的众多导师和同学，是你们让我看到了更大的天空。它很遥远，但是散发的光芒很近，触手可及。

2020 年 6 月 14 日于山城五莲

目 录　CONTENTS

弱势群体

乡愁不可名状

刀入案板

此物最相思

弱势群体

石头出山

刀已多次切入
像树叶划断风的心脉
反反复复，血流不止
有些尘土在伤口处
丛生
现在想想，那是密谋已久的事了

你说，打破一座山的寂静
比让喜欢沉默的人开口更容易
世间事多半如此
石头被肢解的过程
没有多少人可以见证
除了那阵响彻山谷的回声
救命！

弱势群体

我的铁石心肠被切割机分化
旋转的飞轮，一次次
搅碎大山长睡不起的美梦
进山的机器深谙此道
只需几刀，便能把一块石头驯化得
横平竖直
在这个深秋的清晨
酣睡是多么奢侈

一棵修炼过几十年的刺槐
被旁边的巨石改变了命运
作为大山里的弱势群体
他们最终都没有得道

率性事物

车拉着石头便很嚣张
他们不允许路人有过多的表达
刺耳的鸣笛，是对持不同意见者
最有力的警告
车轮碾压过这座石头小城
就像踩死一只蚂蚁
面对巨大的轮胎印
风和清洁工人一样无力
吹不乱，吹不散，吹不断

忘了告诉你
在采石场附近，风也喜欢飞扬跋扈
想吹什么风就吹，管他东西南北
想欺负哪个石匠
就钻进他的支气管
反反复复，狂啸不已

石匠的日常

挂在树枝上的裤子
还没晾干便脏透了
门前的那排大白菜
像立在风雪中的麦苗
因为恐惧之物瑟瑟发抖

作为石匠的父亲
洗菜叶的时候
比凿石头温柔多了
那双手能屈能伸
在一个石料厂周围创造着万物

那根支气管啊
孤独地挂在身体里
像那条裤子
随随便便就蒙上了一层灰

有　时

有时候
我会误以为那是黑色的砖头
硬邦邦的堆砌在无人问津的角落
有时候
我会误以为那是父亲的手
黑乎乎的布满沧桑
一不小心就会划破薄薄的馒头皮
更多的时候
我能认出它是一家子的火种
父亲一铁锹一铁锹地
凑出我的学费、母亲的医药费
还有那张被揉碎的回家的车票

矿　灯

只需要一盏灯，小小的星星
就可以照亮没有月亮的矿井
有时候没有歌声
它就变成井底的哨子
吹响整个沉默的夜空
有时候世界暗下来
它就变成一轮大大的太阳
还给世界光明
有时候它会是女儿
安慰那个漂泊异乡的父亲

安全帽

更多的时候，是取暖
风吹不透，寂寞侵不透
甚至当我想念远方的儿女时
抬头看见一片片安全帽
同类，安慰，又是一年
下班的时候，老王敲了敲自己的帽子
又敲了敲我的，“该回家了”
我摘下它，突然看见满天的阳光
和帽子是一种颜色

我的出租屋

有时候，我的出租屋很小
工作服，方便面，菜市场最后一棵大白菜
几样东西就满了

有时候，我的出租屋很大
冷风，蚊子，工厂带回来的灰尘
怎么装都装不完

更多的时候，我的出租屋不大不小
偶尔休班，我挤在床上写诗
阳光照暖了我的纸和笔
却没能照满我的屋子

今天的饭

今天的饭和以往不同
每人多发了一个月饼
“今年任务重，得加个班
过了这阵再补假吧”
今天工友们洗手特别认真
渗进指甲的黑粉末也抠了出来
一年就这一次
一年就这一次
挖煤人的手
只有今天能摸到月亮

疲　劳

扛梯子的人累了
他蹲在众人的误解中，有些
失落。就像疲惫的树枝
不愿，再率先感受
寒冷
他深信不会再有电话来了
这个冬天，冻坏的太阳能格外多
修补并不能解决根本问题
就像一个临时工
仅靠工资养活不了一家老小

那些金属制的梯阶，不嗔不怒
通常被践踏个千八百回，也无动于衷
当他无力地，把头斜靠在梯子上
那些梯子终于微微动了一下
那一刻，“仿佛它们，也有了战栗”

柔　软

于我而言，你离开这间工棚
就是离开我
签离婚协议的笔在桌子上
跃跃欲试
你心里，藏不住任何锋芒
那两个字，你早已在纸上写了千次万次
你的柔软，等一杯热水凉下来后
才会彻底显露出来
没有人知道，太阳私下里受了多少委屈
就像没有人可以把一盏疲惫的灯
在深夜里点亮

山　居

把杂草移出
挪到菜地的周围
不要太远
让那群因此而流离失所的蚂蚁
能够看见
还有什么不能满足呢
这个腊月，种的菜够吃
雪下了好几场
来客的时候，狗会叫我起床

黄河入海流

1.

她最终还是决定了
就这样顺流而下
与众多往事告别
海平线未及出口的秘密被一一泄露
什么最珍贵，什么便最易失去
“有时候你能回到过去”[1]
但你永远无法解释
面对一条河，恨了便恨了
爱了也绝不后悔
不怕风吹
水鸟早已学会辨别什么是陷阱和善意

① 引自奥地利诗人维马丁《有时》。

几千年了，风呼啸而过
从未停止
在黄河头顶，什么风也不能逗留很久

2.

黄色的血，已经无法洗清
他还是用尽全力撞开了齐国的大门
在入海口，黄河被一次次缩小
“我们要一个接一个地站起”[1]
抬起头赶路吧，昨日已然过去
我们要继续沿着这条河种水稻
我们要洗净被沙子蒙蔽的双眼
接受落日的告别，不去计较能不能再见
大河滔滔不止
有时候是久旱逢甘霖
有时候是洪水肆意
面对众生，黄河从不偏袒一方
那些风啊雨啊
让每一粒入海前的沙子
都已学会安之若素

① 引自芬兰诗人艾迪特·索德格朗《忏悔者》。

3.

他们说，水到宁夏时就这样了
在黄河故道，每棵树都曾在此洗过影子
但是“没有一棵树看到别棵树”[①]
他们嫌弃哪片叶子
就把哪片扔进去
他们喜欢谁
就会把根扎向谁的位置
芦苇是你临行前的蒹葭苍苍
你的船儿是一只穿越大海的白鹭
在黄河故道，野草自由生长
树在做喜欢的事情
从不委屈自己

4.

我无法辨别出水鸟南下前留下的线索
那些滔滔不绝，早已戛然而止
夜深了，风未停息
几千年来，这风就没有停过

① 引自德国诗人赫尔曼·黑塞《雾中》。

近水的那排稻子最先静了下来
你永远无法知道一滴水经历的破碎与重生
一些秘密被深埋
无数心酸和委屈被深埋
有心事就去一趟黄河口
这里的歇斯底里不会被用旧
黄河的黄
源于一颗颗面朝黄土背朝天的心

5.

路也说，有片荒野多么珍贵
在东营，芦苇大片大片地生长
大唐所有诗人的笔尖都白了
蘸着黄河水，写他个三五百首
写他个粉身碎骨
盐碱地苦涩
你说，那是渔民收网时欲言又止的沉默
芦花洁白
拂过哪只木船
伤口便能很快痊愈
在黄河口，确实有这么一片荒野
再多的众生走过
都会了无痕迹

看大门日记

1.

原谅我无法看到三月的桃花开满村庄
无法看到蜜蜂肆意地掠夺春天，和
你从远方捎来的消息
无法看到红领巾在校门口迎接朝阳
书包里塞满青涩的小秘密
无法看到一个小县城之外的壮丽山河，与
整个大国的众志成城
原谅我看到的只有包联小区灰白色的大门
偶尔进出的各色口罩和小心翼翼的鞋子们
我看到的只有一只只主动伸出的手
扫码，登记，消毒，测体温
它们有序，整齐，认真，细致，举手投足间

充满了理解和敬意

我也看到他们清澈如水的眼眸以及
在口罩的衬托下，满是生机与信心
我还看到喜鹊叼来枯枝，一根根建设着新家
它蹦蹦跳跳，尾巴活泼有力
仿佛不曾经历过冬天

2.

同事在群里说
小区业主送去了苹果和热奶茶
也送去了最高的肯定和赞美
甚至连名字都不曾留下，便匆匆而去
他说，能被理解就很知足了
限制外出，拒绝探亲，收集个人信息
每一件在平时都是不可理喻

一楼西单元老奶奶送来一袋苹果
她说：收下吧，看你们天天吃泡面
站大门口，也不容易
苹果硕大而饱满，个个都有故事
它们躺在春天里，随随便便讲一段

就能让听故事的人，感动很久

3.

二月时候，包联小区门口的法桐
还在一场风雪里瑟瑟发抖
它经历的春天，往往有风有雪
越粗大的枝干，落雪越多
但这不妨碍它把枝条伸向天空
很高很远
一下子就能把阴霾戳个窟窿

四月时候，天已尽晴
出门的人多了，蔬菜水果源源不断
涌进市井人间
花儿尽情开放，它们早已穿越寒冬
偶在十五到十七号这几天，阴蒙蒙
未雨
十八号放晴，大门口的影子清晰深刻
救灾帐篷用不到了
因为那棵法桐已茂盛如伞，叶子坚挺巨大
足够为我们遮风挡雨

乡愁不可名状

谷　地

麻雀又来偷食
谷子秆扎的草人不能当真
在鲁东南，只有粮食和乳汁可以当真
母亲说，都是母亲，别伤它，吓走就好
我便站在谷子中间驱赶麻雀
一会儿唱支童谣，一会儿吹个口哨
一会儿把手举过头顶，老高老高
麻雀识破了我，折个弯又飞回来了
我突然想起夏夜里那些飞来飞去的星星
只要母亲抱着我
星星就不会从院子上空消失
母亲说算了，谁没经历过苦日子呢

画　面

小时候养不起牛，母亲就是牛
一手拉着犁头，一手握紧拳头
父亲扶犁很紧张，生怕日子歪了
父亲还得暗暗往前推着，用全力
怕土太硬，怕母亲撑不到最后
我在新翻的土里撒上种子，埋下收成
有时他们走远了，我就小步跟上
也不能大意，多了少了都会歉收
有时母亲累了，回头看一看父亲
父亲停下来，回头看一看我
那一刻，我突然也很紧张

取　暖

母亲刚给炉台添了几把柴
大雪就闻着火光压上屋顶
跟我出生时一样，母亲很少说话
她习惯用默默无闻的半生
拉响每年除夕的爆竹
我是在冬天出生的
她不知道，她的名字就可以用来取暖
母亲又添了几把柴，这个冬天就过去了

麦　地

母亲像镰刀一样弯下腰
一步一步割起麦子
六月的天空只有太阳
六月的麦地只剩母亲
鸟儿避开这个季节，不再偷食
世界很单调，这接近人间的幸福
没有摄影师来采风
也不会出现一幅米勒的油画
麦子和母亲都站在大地之上
等待着最终的结局

秋天是迷人的季节

“那猛虎跳了出来，他吞噬了我们”
贪欲经常超出想象
不动声色地改变着大地的轮廓

收割的人，镰刀钝了也不想停下
秋天真是个迷人的季节
多一点总比少一点
容易
夕阳退去，群山偷偷生长
这个时候别做糊涂的人
那些粮食的信心同样不容忽视

在莱州，多数事物呈金黄色

在莱州，多数事物呈金黄色
阳光，沙滩，草帽，玉米
一连串小小的符号变成种子
被土地多次豢养

沙子憨厚
没到田边便止住步子，规矩地
停下
毕竟，这片土地庄严
无数汗水，落地后不死
于深处继续耕耘

直立生长的玉米，即使倒下
也是铮铮铁骨

节节向上的绿色骨头
鞭策着无数朴素而坚毅的灵魂
神明路过莱州，大地一片金黄
但只有玉米的金黄
不会被秋风吹淡

只　在

只在你忘记我的时候怀念
只在大雪封住路的时候
想起那辆破旧的二手自行车
见过你的眼泪，只一次
你可能都忘了
河边的那些草，那些和草一起荒芜的二十一岁
瘦小的，瘦小的你，影子那么长
差点就拉长了这个下午的阳光
然而是美好的。我说的是斑驳的错过
就像那班终点是海的列车
走着，走着，满车的人不见了
太阳沉下去。我们各自陌生
那时候站在一起就够了。不必相爱

春天的马蹄声

蝴蝶没有醒来，我的心事
就这样被一车一车拉走
颠簸的路段，溅出了一些
落在半卷诗经里
平仄，平仄，平平仄
那是我的十八岁
风轻，云淡，一切太匆匆

春天附近。还没有一个姑娘出现
青青子衿，悠悠我心
平仄，忐忑，总不及马蹄声脆
听着。听着。余雪就化完了
蝴蝶还没有醒来

九　月

村庄还在梦中
风已凉了山路
离人和飞鸟一样
因为告别而心事重重
在九月，一些地方，荒草停止生长

只有石头还坐在路上
独自想着一个季节的心事
疑问是秋天带来的
思念会不会变瘦
妻子照镜子时
有没有想到我
这场秋风，格外安静
这个早晨，几乎什么都没改变

五点半的时候
鸡多叫了两声

入　秋

麻雀反复商量的事
已经被多次
拒绝
谷地里，它们纷纷投降
秋后，天空高了一分
空旷的大地
难以养活接下来的荒芜
更多的鸟进巢
一只只，独占枝头

秋天不用多嘴
所有解释不清的事情
都能在一粒米里找到答案

大　风

天还没亮呢
落叶又一次被冻醒
漂泊多年，早就习惯了凄冷

陌生的房子，更陌生的天空
没有一个时刻，比这更遥远
再添几笔也是徒劳
故乡渺渺，无枝可依

风赶着万家灯火
艰难爬上屋顶
吹瘦了老家的月亮

刀　钝

镰刀生锈很久了
麦地里
曾经高高在上的部分
彻底消失

麦子齐头生长
谁也不愿意第一个
站出来。再次地

一些往事就此戛然而止
刈麦者的步子迟缓起来
只有拿刀时生出的风声
越来越急

说了一句回家

说了一句回家
月亮就消失了
那群乌鸦告诉我
月亮是最后一盏灯
不应该凋零

你拿着半根树枝
在落叶中间哭哭啼啼
黑的是路，白的是故乡
你只是说了一句回家
月亮便没有再出现

中秋怀思

月亮没有睡着
同时失眠的，还有
院子里踱来踱去的母亲
又是一年
在外求学的孩子
因为几百块钱的路费
再一次错过
母亲越来越苍老的脸
好在月亮
不偏不倚地照在
每一个失眠者脸上
让每一道暗下去的皱纹
暂时亮了起来

月饼为信

没有一只鸿雁
还在月圆之夜传信
它们有它们的中秋
没有多少漂泊者
还在老家门外徘徊
千里之地怎么走都走不完
好在有月饼为信
圆的是走完一圈终会重聚
甜的是离家时耳边的蜜蜜细语
走近点，闻一闻饼香
而月饼上的每一道烙痕
都是人们翻山越岭的思念

寻　根

又下起了雨。总是这样
每当我们说起老家它就下雨
风风雨雨这些年
好在陪在我身边的人还是你
不跟你吵了，头发都吵白了
再过十年，我们的骨头也白了
有你的日子总是雨
这次我们不吵架，我们回家

集体失传

牧羊人的长鞭丢了
羊儿们兀自走进地平线
集体哗变
它们无视那些羸弱的吆喝
也无视这片死而复生的草原
它们，一口就可以吃掉一个世界
一口就能创造出新的领地

秋风居无定所，唯路过羊毛时
平静了许多
羊咀嚼完最后的草
故乡更加荒芜

一只鸟的愿望

秋被关了起来
鸟在一旁幸灾乐祸
月亮偷窥的路上
鸟儿叫个不停

众生失眠的夜里
月亮终于迷路
鸟是飞来飞去的星星
一只鸟的愿望
就是把秋关起来

想起的时候

院子的草开始往外长
老屋又矮了，只高于半埋土中的石磨
十五年前，有个算命先生路过
他指着磨盘说
过去会空，将来会空
只有想起它的时候是满的

不敢出声

水里洗影子的树最先睡了
不敢出声，岸上的草还没触到天空
四十年前梦见这里的人都还没醒
云彩有时飘在天上，有时飘在湖上
有时梦见一个姑娘紧张到南北西东
不敢出声，从来到这个世界就不敢出声
我的纸船顺着春波碧草划走
江湖，人间，从此相忘
你看不见，就像你看不见被水冲走的凋零
放下吧，写生人没把自己画进去
心事却离离如草，爬满头顶

一条狗进城了

这些与我无关的房子
以及房顶上同样与我无关的天空
再一次被人群无声包围
他们上街，像街上的树站成一排
嚷着，抢着，买乡下运来的豆腐
买从南方批发的不同颜色的衣服
抢来抢去，不知道到底在抢什么
他们带着孩子去电影院
告诉他故事都是假的
考不到双百下次就别来了
他们也会跟着前面的人去新华书店
买上几本畅销书放在床头
和安全套挤在一起，懒得碰

这些与我无关的公交，一年四季都挤
有人挤上来，有人挤下去
就像流水线上批量生产的玩具
城里的房子很高
城里的天空很低
压迫着每一个地上爬行的影子
影子排成一排，最终被黑夜覆盖

没人在意湿了多少片瓦

没人在意湿了多少片瓦
就像没人在意落了多少只花
在宝箴塞，风雨无常惯了
一滴雨水
可能被误认为杀人的子弹
一场大风
足够毁掉段家人的村庄
此时此刻，雨水只落满池塘的荷叶
只落在看风景的油纸伞上
游人急匆匆赶路
花儿各自枯荣

水做的欲望

窗户是水做的，风从遥远之地吹来
经过窗棂，便经过了一个少女的心事
十六正好，在西塘，每一个被水洗过的影子
都会年轻成十六岁
青石板一点也不古老，尽管它们知道无数人的心事
尽管它们也曾把每一场风雨写进诗里
平仄不止
几千年于青石而言，不过是蜻蜓点水般邂逅
不过是我问路时，你对我微微点了点头
江湖太远，这里的欲望是水做的
一碰就碎
不必问任何一家老店，“什么时候打烊”
灯火阑珊，那个等了你很久的人
正在月下反复掷一枚棋子
那明亮如新的棋啊
有时候是自己，有时候是你

乡愁不可名状

乡愁是柳絮飞过照水女子的发梢，从小桐圩街欢心而去
不知所终
乡愁是一滴雨狠狠砸向木船，又轻轻落回水中
开出涟漪阵阵
乡愁是青烟的根部，摇摇晃晃后还是要抹干眼泪走很远
很远
老街干了喉咙，那些故事用很久都没讲完
你说，我也曾是你口中的故事
千种万种
古戏台错过的曲子，都躲到了万亩荷下
你说鱼儿善讲情话，七秒就是一个全新的西塘
将鱼米之梦取回，将船头拉长的山歌取回
将儿时负气出走的倔强取回
油纸伞与荷叶立在水乡，少女的心事红了
别去窥探，乡愁是
青梅竹马的姑娘过了及笄之年
池塘里沉睡的荷花醒了，开得那么艳

瓦房有话要说

瓦房有话要说，宅弄有话要说
画板上缓缓而过的江南烟雨
有话要说
幸好，和我一起走过纤桥的人
还在
幸好，仗剑走天涯的旦旦誓言
还在
我愿做一枚从五福桥落水的纽扣
从此告别风月
走进荡漾的田歌，飞上金庸的烟雨楼
不去计较那么多了，深情的橹子如此慷慨
未曾错过一束水花
水花如此慈悲，未曾打湿一块甲板
此刻，什么也不想，宁愿随着水中柳叶
逐流，逐风雨，逐江湖，逐世间恩恩怨怨
我的船儿啊，它摇摇晃晃
摇摇晃晃就走成了半个月亮

暮色清淡

淡淡的落日不深沉，着汉服挪步的姑娘
发簪锃亮
有些人趁着暮色把往事掷于水中
就这样，一次次，江南便婉约了
微醺，与风尘仆仆的自己告别
一天中最美的邂逅给了落日
不后悔
不后悔在海风书店买一本唐诗
不后悔卧龙桥上因为几只水鸟出了神
没事时就来，这里有未曾失却的漫时光
有事时也来，一杯茶，一壶酒
胜却人间无数寂寥
暮色清淡，乌云纷纷而去
在西塘，我愿意做个仰望天空的人
眨一眨眼，就轻易获取了一大片太阳

椰　颂

1.

不用担心，没有一颗椰子砸伤过路人
没有一阵风，能把稻田里的背影吹散
这朴实的大地，早把一切安顿好
喜欢什么就能成为什么
无须委屈自己，无须
把错过的遗憾写在脸上
前面还有，后面还有，没讲完的故事
还有

不用担心，每棵椰树都通往一条路径
这里的路十分简单
怎么走都不会误入歧途
一枚贝壳做好了准备
它已学会轻松地辨别风雨

告诉船只，哪条路可以上岸
岸上，椰子安静地挂在枝头
好像不曾拥有这芸芸众生

2.

椰子一低头，就看见了众生
蚂蚁过境，月亮醉酒
落第的秋风浑浑噩噩
做不成刑官
就去城东催熟那十万亩山兰坡稻

在海南，过重的语气词说不出口
即使热爱，也不能死去活来
即使不幸，早晚也会有明媚的光照耀头顶
一杯鹧鸪茶足以慰风雨
一颗星星就能道尽苍穹

有风过椰，不绝。市井鬼混多年的月亮
终于决定洗心革面
堂堂正正一回
挺胸走路，重新爱这人间
它一抬头，就看见了满树椰子

以及硕果累累的天空

3.

往事一饮而尽，这杯椰青里
有道不完的肝肠寸断
在三亚，随便一枚椰子
都能接受你的委屈
没有什么想不开吧
杧果和波罗蜜都能将沉甸甸的果实放下
在黎族的情歌里化干戈为玉帛

慈悲的椰子
请不要吝啬你的词汇
告诉他们人间烟火多么来之不易
慈悲的椰子
想落地就落吧
我知道这一杯杯透明的箴言里
有他们没说完的千言万语
慈悲的椰子啊
你可知道，树下失意的人最多
他们常想上去
摘个没完

炊烟有毒

1.

她一个人在生火
刚下了雨，松针有点湿
火柴一根又一根
总也点不着
她的头低下来
轻轻吹口气
还没到火焰中心
就灭了
她再次低下头
用袖子擦了擦火柴皮
潮湿的松针觉得委屈
还是没有点着
她的头更低了
小心对准火苗
吹呀，扶呀
火动了起来

一锅子菜够吃一天的
孩子在外地上学
男人在外地打工
如今生个火都不熟练了

2.

她喜欢捡柴火
上山的时候
有事没事都会背回一些
她捡的柴火一辈子都烧不完
可她还是捡
她喜欢捡那些没有死透的树枝
结实，耐烧，存放时间久
她以为捡柴火跟赚钱一样
她捡的柴火都堆得像一座小山了
也像没有晒干的坟

3.

只有她看过的星星还亮着
年三十，人间灯火格外亮

树亮，房亮，盘里的饺子亮
只是这些往往没人在意
天空偶尔也会暗下来
人和人，暂时凑在一起
不说不开心的事
男人说，今年不回了，多赚点
想我了就看看西山顶的那颗星
应该掉不下来

4．

从锅底下长大的
爬上屋顶也不干净
瓦被熏黑了
房子被熏黑了
着急回家的蚂蚁也被熏黑了
真不懂炊烟有什么好赞美的
背井离乡这么多年了
谁家生火，谁家落瓦
谁家也不是自己家

养蚕日记

1.

蚕场没有明确界限，在鲁东南
一座山，一道梁，一棵枯而未倒的槐树
都有可能成为界限
祖上传下来的东西多数可靠
生产队划分的蚕场
均匀，等量，公正，严谨
说这话时，爷爷比任何时候都严肃
祖上还传下来过质朴、诚实、坚忍和委屈
曾经因为贫穷而落下的泪水
在这富足的山里突然涌现
那里有奶奶的青春，父亲的稚嫩
也有母亲第一次嫁进山时的羞涩

天尚冷，太阳无力温暖大山
父亲披着隔夜的露水准时出现

2.

鸟鸣多余，大风多余
明媚的阳光多余
在蚕场，只有汗水不多余
有时落在柞树上，惊走偷食的蚂蚁
有时落到蚕的额头，叫醒无数贪睡的孩子
有时顺着两鬓落进脖子
不用擦，黏黏糊糊的日子很快便习以为常
六月是个再生的季节
蚕在父亲的汗水里一次次蜕变
流过汗的父亲
在热气腾腾的蚕场里焕然一新

3.

蚕变大时，整座大山跟着变大
柞树一夜之间长高，叶子吃也吃不完
晒烫的石头突然占领整个蚕场

每走一步，都需要足够多的汗水降温
所谓的人间，正随着父亲到处搬迁
遇见野草，便跟着荒芜
遇见蚂蚁，便跟着渺小
遇见偷食的鸟儿
便跟着惊慌失措
蚕变大时，所有威胁跟着变大
就连藏在贫穷深处的希望
也渐渐庞大起来

4.

睡觉是最接近死亡的动作
蚕场里的父亲不敢睡
母亲生起的袅袅炊烟不敢睡
大山深处，睡觉就意味着失去
鸟会来偷食，饭会熟烂
人会在梦中悄悄老去
睡觉太可怕了
即便躺在草丛假寐的蚂蚱
也会因一声鸟鸣突然惊醒
它不知道，它的恐惧是那么多余
六月的鸟更喜欢吃蚕

还有蚕场里父亲日渐衰老的影子

5.

影子太单薄了
一棵小柞树就能完全将之覆盖
脚印太浅了
一只蚂蚁便能轻易爬过去
柞蚕数量太少了
全部卖完都不一定够孩子的学费
落日太漫长了
养蚕人的一生都在经历黄昏

6.

驱鸟是件大事
人饿的时候，鸟也饿
鸟吃饱了，人便没饭吃
麻雀精于算计
喜鹊精于抢夺
蚕不知道，这个世界危机四伏
那些飞来飞去的凶手

那些此起彼伏的吆喝
晃动的世界，没有一个时刻足够安静
他们都知道，落后就会挨饿

7.

蘑菇喜欢在雨中出现
养蚕人喜欢在雨中消失
冒着细雨采菇并不诗意
对父亲而言，填饱肚子就是诗
养好一季蚕才是正经事
有的蘑菇有毒
没法辨别时
父亲亲自品尝
他说放上蒜煮
有毒就会变黑
吃完半个小时后再让我吃
我小时候觉得委屈，哭个不停
长大后仍然很委屈，哭不出声
有次把毒蘑菇加蒜一起煮
发现什么都没黑
山里可怕
不认识的东西实在多

8.

蚕场躁动，烈日下坐立不安
一定有什么大事要发生
养蚕人像往常一样路过沙场
鸟儿，虫儿，太阳
都是致命的敌人
不必点兵，将军和士兵只此一人
太脆弱了，一粒滚动的热沙子
就会砸坏整个人间
那些飞来飞去的鸟儿不再可爱
能偷一口就是一口
偷蚕鸟在天上飞来飞去
养蚕人在地面飞来飞去
六月的世界不安，蚕场躁动
飞来飞去都是命

9.

绿色在杯中慢慢舞蹈
一起舞蹈的，还有

从山上采回的清凉和慈悲

跳起来吧
每一缕清香都有去处
每一个舞步里
都能隐隐看到
采茶姑娘的倒影

10.

一饮而尽
剩下的，便是
枕着一床星光，和
满屋子的清香
入睡

会梦到茶园的湖光山色
会梦到采茶归来的一船余晖
但是你一定梦不到
那个潜进杯底
偷偷喝光隔夜茶的月亮

11.

把你的心事告诉我
把你的烦躁交给我
然后闭上眼睛
猜一猜我会带给你什么

再多的无助都会过去
再多的喧嚣都会沉默
在这个世界无所需
一杯茶就够了

12.

山风，雨露
无数颗星星的光芒和呵护
就这样在大自然的怀里长大

洗干净手
挑一个阳光明媚的日子
采茶去

某个时刻
世界会突然静下来
只有我们的山歌
至今无人干预

13.

浮上来是入世
沉下去是归隐
一平一仄地翻转
总有一个时刻
让举棋不定的人
彻底安静下来

刀入案板

阴　谋

除非你站在深渊里
否则你同样有掉下去的危险
我想直白地描述这场阴谋
果蝇一点点吞噬着樱桃
甜的事物多数危险
比如棉花糖的柔软
比如女人的语言
比如年轻时路过
一座可以看清倒影的桥
果蝇的直白，源于本能
我的直白大不相同
每次路过一座桥
我都担心会掉下去

菌

阳光充满暴力
找水的人
影子跟得很紧
也许他永远都找不到
也许他自己就是水源
隐晦久了，便难以
重见天日。难以
把一件真相大白于天下
那么多话
不敢说出口
那么多影子
在夜里扭曲变形
阳光充满暴力
我不得不快速退回阴影里
藏起来

倔　强

那些窗子并不透明
重要的事，也不要在晚上做决定
“阴谋迟早都会破败”
大理石的棱角
顺着裂缝爬出窗台
连同你的秘密躲了起来

屋里的窃窃私语
仔细听就能听见
不要以为藏得够深
就可以为所欲为

月亮一丝不挂
不停地为夜色洗白
你仍旧拿着一块大理石子
挨个去敲陌生人的窗户
一生清苦

咀　嚼

牛在规律地咀嚼
声音细小，近乎式微
咀嚼是危险的，它让真相暴露
一些往事明亮起来
一些面孔熟稔后再生疏
终究是难以穿越烟雾
缭绕

想到这里
他把吃剩的烟头用力摁了摁
天尚未白

脊　梁

这一生他极其沉默
别人笑话他走路都直不起腰
他没有任何回应，只是
习惯性地捡起秋天的树枝
画一画挺直腰杆时的自己

好多年了，自从生了第三个儿子
他便没把脊梁捋直
沉默惯了，开口成为艰难之事
想想也只在讨论是否立碑时
轻轻说了一个“不”

第三者

那根烟头，替他说出了后面的话
委屈吐出来又吸进去
羞涩的像个姑娘
女人的哭声跟着烟头
或明或灭，一堵墙结结实实地砌成了

窗外的雨很大，孩子的梦里
一切相安无事
只有睡前呼呼的风声没有被
原谅

女人的讨论

“在屋里，妇女们走来走去”
她们讨论的问题其他女人也在讨论
无非是哪个男人干活卖力
新扯的花布又蒙住了多少世人的眼睛
云云

房檐上，蜘蛛正编织着陷阱
等待不速之客的降临
女人们边走边将一些闲言碎语丢出窗外
总会有老实巴交的男人被准确地
砸伤

有心事的人才去看海

有心事的人才去看海
看海的人像蚂蚁，不住地搬运影子
“我把我的裤边卷起”
海水便流言般淹没了我

我的影子单薄
“在大海的一间间房里徘徊”
船是移动的耳朵
藏得下那么多秘密
藏得下风声，细语和落日黄昏
潮水一波一波袭来
岸上的人惊魂失措
仿佛从没见过这么大的灾难

草　原

众生突然矮了半截
在这里，野草异常高大
牛羊艰难地奔波于
曾经熟视无睹的丛林
要不是秋天提前降临
这个困局恐怕一辈子都走不出了

秋天，草原在做最后的总结
所有贪婪，归于荒芜
所有热爱，败于草莽
草原之上，隐藏下来的事物尤其多
雁群偶然掠过天空
都可能将一个惊天秘密戳破

格　桑

他们说并没有一种花叫格桑
那只是牧羊人唱情歌时的幻想
神山，经幡，马蹄印下幸存的茇茇草
都可以成为格桑
在草原，格桑变成日常的事物
有时喜欢拉着一车秋风西去
那里面也有某个人的一生
有时把阿爸的心事装进长长的烟斗
吸了好久都没有吐出来

这里的抒情过于日常
格桑幻化万物，万物独自成长

秋天是个迷人的季节

“那猛虎跳了出来，他吞噬了我们”
贪欲经常超出想象
不动声色地改变着大地的轮廓

收割的人
镰刀钝了也不想停下
秋天真是个迷人的季节
多一点总比少一点
容易

夕阳退去
群山暗暗生长
这个时候别做糊涂的人
那些花草的野心同样不容忽视

青海湖

此刻只想做一滴水，一滴离天空最近的水
一滴丝绸之路上跟驼队义结金兰的水
蓝色的眼睛，透明的余光，让每一朵
不小心掉进去的影子也斑斓起来
青海的云彩就是这么变纯粹的，青海的风
也是从这里开始学会写意与抒情
在高处，在青海湖，一滴水扬起的神圣
远大于任何姿势的叩拜
即使落下后溅起的回声，也足以
让遥远的神山为之发聩
此刻众生都与我无关，此刻
我只想静静地在青海做一滴水

职业病

我没有钓过鱼
但我经常学着垂钓者的样子
端坐，静默，试探，设置陷阱
对送到嘴边的一切。我也会保持警惕
比如你让我夸一夸你的口红买得正合适
比如你说今晚的月亮真美
让你想起纯洁的爱情
比如我们路过一口枯竭的旧井
你说快来看，我们的影子在下面
玩得很欢

冬天的树枝，雪夜，月亮与其他

冬天的树枝像白骨，一堆堆逼近
残留的东西多为人不齿

月亮就是这样一个可怜虫
清醒，高冷，又不敢出声

你说孩子能看见我们看不到的东西
深夜里划亮一根火柴的罪过
远远大于在半路安慰一群迷路的人

警　惕

写一条苍蝇能看懂的标语
简单点，就写：
“不要进来，这里危险”
但愿它们能够学会轻信
轻信扬起的手势真会落下
轻信赞美里藏有致命的毒药
轻信陌生人的善良
轻信趋之若鹜是一种纷纷的信仰

真的很难，肮脏的事物
拿起与放下都如此轻松
真的很难，美妙的东西都是陷阱
忍受欺骗才会百毒不侵
真想告诉它们
不要进来，这里危险
毕竟生存不易
毕竟苍蝇也有美丽的时候

贪婪那么巨大

睡在草原上的时候
从不担心会有蚂蚁爬上来
因为我的欲望全部藏好了
贪婪那么巨大，再多蚂蚁都无法搬运
不能把肮脏的一面暴露在草原上
不能让那些忙碌的蚂蚁空手而归
要睡就睡在草原上
要睡就找一张铺满月光的大床

月亮投下干净的影子，归途明亮异常
蚂蚁在草原上肆意妄为，做着自己喜欢的事
偶有一两只掉队，也在后面闪闪发光

关于失恋

梦见跟一群兄弟喝酒
我们用的是盆
我们的痛苦和爱情都在盆里
大哭之后，我们一饮而尽
生活好像也就这样了
边吃残羹剩饭，边感慨生活不易

对面跑过来几个女人
她们嚷着要拿光桌上的东西
我担心急了

卒

死的另一种写法
难过的是你只是个小兵
破釜沉舟，这么悲壮的奔赴
只会叹息的刘邦肯定想不出
可你又是个男人
母亲说男人只有“生死”没有“胜负”
满饮此杯吧
你兄弟还在前方尸骨未寒
母亲又添了一杯
这杯实在苦得难以下咽

妻子没踏出房
在那收拾了一天一夜的心事
嫁卒随卒，也只能这样

孩子出生后就没了父亲
这竟然成为自己婚后丧夫的杜撰

一声号角从江边传来
那匹老马开始不安
卒七进一，出汉界未捷
前方的楚河就开始抽泣了

采　莲

红头巾，绿裙子
纸上走一遭就是一生了
君子好酒。竹巷深处唱支水歌
荡漾。平仄，从容又匆匆
醉酒的秀才不敢来沽
说什么可远观不可亵玩

藕花深处，误入的都是偷窥的少年

此物最相思

采采红豆（组诗）

红豆生南国

爷爷挑水去了，取水并不容易
可他偏要把豆子种在山上，偏要
他说越高的地方越温暖
他说以前总是和奶奶拉着手上山
奶奶撒种子，他浇水，秋天熟了一起采
我的小手拉不动爷爷
除了把最像自己的豆子偷偷埋下
什么也做不了，正如我十四岁的年纪
除了埋下青春，我什么都做不了
爷爷挑水去了，我独自对着豆子发呆
南国的风吹在脸上，不太冷
我等着爷爷回来，回来一起播种
那些豆子会渐渐长大，会在我十八岁时变红

我会每天早晨上山看它们，一个人
我希望能够不小心看见我的爱情
爷爷笑话我，他说春天里的事情都是自己发生

春来发几枝

山上并没有多少猎物可打
那匹马却不止一次出现，辰时
他习惯牵着马路过我家田边
很少说话，如果野兔冲进地里
他就等到兔子出来再打
他说他还年轻，有的是时间
可能是心疼庄稼，也可能是因为其他吧

卯时上山，遇见红豆正开
我的长发和裙子在风中苏醒
飘飘然路过这个世界，终点是他
阳光一会儿就淋湿了我全身，邂逅
只剩我们
果然，越高的地方越温暖
我开始想到奶奶以及爷爷说的话
太阳下山时，他也跟着下山
他不说话，用手指指红豆，再用手指指我

不知为什么，那一刻我的脸和夕阳一起烧了起来
那天他唱了整整一路的情歌
我早就学会了，可他还唱个不停

愿君多采撷

风开始吹下山，爷爷老了再也爬不上来
他学着爷爷去山下挑水，给我讲故事
我撒种子，他浇水，秋天熟了一起采
就这样相爱，在南国的红豆地里
他对我说了一生一世的事情
那年红豆结得出奇多
我的裙子很快就兜不了了
他过来抱住我，说来年给我一辆马车
拉上豆子和我，风风光光地娶下山

那天我们不停地采呀采呀
青春都被我们装进了筐子
夕阳泼过来，我们变成彼此的红豆
尽情地采吧，趁着年轻，
趁着好不容易说出的情话
尽情地采吧，马儿睡着了
风声变成大红色，全世界偷偷相爱
尽情地采吧，你若不采，我就离开

此物最相思

第二个乞巧，他没回来
说好的红豆地，说好的一生一世
“等我。明年的七月七日”
那是最后一句
那些红豆像服役的兵卒，不能回头
密密麻麻站在大地之上，任风吹雨打
任远方人相思成疾，无药可救
它可能也会想念山上的月亮
也会抱着影子偷偷哭泣
也会成为诗中的负心人一传千年
能有什么办法呢，战争时没有路可回

爷爷告诉我红豆成熟本就漫长
过早过晚都会歉收
我开始习惯一个人上山
一个人挑水，播种，浇水
等秋天熟了，一个人采
但我相信红豆，相信在某个不经意的黄昏
他会赶着马车出现在山上
那时红豆一定明媚如海，开遍漫山遍野

柴达木情歌

那年我十八岁
骑着白马，赶着羊群
在一个黄昏里遇见她
她正在给游人上羊肠面
风很大
吹红了她少女的脸
又吹乱了我的心
我不敢问她的名字
我怕，什么都怕
我怕太阳就这么落了
我怕帐篷里走出一个男人
我怕她看穿我的心事
和我刚刚十八岁的年纪

公主辞乡

喝完最后一杯青稞酒
文成公主就西去了
长安之外
一座山，一座山
最后到这里还是山
小卓玛告诉车队
这是青海的最后一座山
之后便没有大唐
谁能想到离家千里的日月山
竟成为她一生魂牵梦萦的地方
塔尔寺钟声隐隐
越来越听不到了
杳，一切都杳
再回头望一眼吧
穿过这道山梁
就是别人的新娘

淇河里的爱情（组诗）[①]

送子涉淇

那木头做的桥发了芽
朝着你来的方向缓缓生长
不想就这么送你走呀
我怕你像滔滔的淇水一去不回
你说挑好媒人就来娶我，很快
我低了低头，袖子攥得更紧了
我的脸跟着桃花落脚的河水烧了起来

那天河的两岸的风吹个不停
桃花落了一些，从我十六岁的枝头

① 小注：本组诗歌改编自《诗经·卫风·氓》篇。

我并没有觉得很冷
因为你在风中抱住了我
那天，那条河走得格外慢
那天在那个生长茂盛的桥头
你对我说了一生一世的事情

说好秋天

说好秋天，在淇河之畔收割爱情
你带着鲫鱼、缠丝鸭蛋和冬凌草来见我
河那边最有名的媒人来了
带着你的八字，带着说好的良辰吉时
秋后迎娶，果然比预期要晚
那时候淇河水都矮了，河床干净
好像独自等待着什么，说不清

等，再等几天呀
秋后我一定风风光光地把你娶回家
用淇河上下最高贵的仪仗队
我发誓，对着河里的每一条鱼
秋后我一定赶来，骑着白马掀你的红盖头

你又走了，更多的叶子沉入水中

那熟透的桃子没人来摘，空自落了一地
他们说秋天都是这样，满世界收成
我捡起最生涩的一颗，从你扶过的桃树下
看着，看着，冷呀，因为你走时没有抱我

在淇河

在淇河，一棵草就能触到整个天空
一粒沙子就是一颗星星
落满两岸，亮闪闪的，总也数不完
月亮比心事还大
差点就收住了所有少男少女的秘密
甚至连那些昼伏夜出的虫儿鸟儿
也能分辨出藏在水里的情话

在淇河，山歌、古街、桃花、人面无处不在
最美的时刻就是浣洗的晌午遇见你
悄悄告诉你，我曾怎样把你的名字刻在石头上
把我的心事刻在你名字的周围
再过几百年，我们都在风里老了，没人认出
但是只要与你有关，一切都不会枯竭

在淇河，我种下了我的青春和愿望，不止一颗

就在你我刚刚认识的那天
那天蓝天白云干净，两岸的风吹个不停
轻柔，恬淡，树影阑珊
捡过一些永不老去的石头做伴
让它们天天给你唱歌，讲一讲鹤壁深处的传说
讲一讲十六岁就经历的望眼欲穿
发芽，开花，结果，坐满天空
我只想从中挑一颗最像自己的种子
偷偷地埋下，告诉你，那个让我脸红的心事

一桩心事

嫁鸡随鸡，我在第二年成为你的新娘
那条最干净的河随后冲走了我的青春
我开始在河边烧水，淘米，洗衣服
你上云梦山砍柴，下门口的河里捕鱼
农闲时跟着队伍进朝歌服徭役

最后一次见你，大军开拔的晚上
你说，等你呀，就在那个古旧的桥头
来年河水涨满的时候，你就回来
你走时都没有回头看我

我在那条长长的河畔望来望去
我在《诗经》的中间等呀等呀
万金的家书没来，你的归期没来
来的是你没了的消息

淇河之水

淇河之水，比我的爱情长
比无数的山盟海誓可靠
淇河里的爱情，捞也捞不完
淇河里的故事，可以讲一千零一个夜晚
澄澈一辈子，看透人间多少浮沉
也许，一道水线就能划清人间烦心事
一朵浪花就可以促成中原文明的无尽春天
还有什么不知足呢
这条河，从《诗经》中间流到爱情深处
把我的一切收在怀中，温暖过我
温暖过桃树下相拥的影子
一不小心，就是一生一世

一条河葬我

可是，一生一世的没有我
把我的爱情葬进河中
让水拼命冲，冲走
冲到那个负心人门前
只要他出门，就会看到我的哀怨
我的哀怨是汤汤淇水，永无断绝

他们说徭役葬送了我的爱情
我知道谎言才是让人死心的东西
我的一切暴露在冷冷的河床之上
没有人来安慰，我是天下最普通的弃妇
我想起那些同样命苦的桃子
最好的时光一过，最好的结局无非尘土

我再次想起那条河
生我，养我，给我爱情
弃我，葬我，洗干净我的眼泪
让我在故事里流传千年
我并不想这样

每一场雨里，都藏着秘密

一抹熟睡的尘土突然在人间苏醒
同时苏醒的，还有
大寨里埋得最深的那枚瓦片
这些年沉默太久了
尘土一层又一层地压下来
都不知道哪一层，才是
段氏先人避难时留下的
在宝箴塞，日头换了好几轮
人间疾苦早去了大半
没人来叫醒这个世界
蹑手蹑脚的日子结束了
每一片瓦，都曾为人类挡雨
每一场雨里，都藏着秘密

黑下来后才是天下太平

砌进寨墙的石头
脱落了也够硬，硬到
多少碑刻都凿不进去
烽火狼烟的日子
没有一句诗是有用的
关门写诗，开门迎敌
这尘土飞扬的人间
怎么就容不下一寨子人
长歌当哭呀
天黑下来后才有片刻太平
那时候的你
已经出征在外，没了音信

一颗子弹就是腥风血雨

痛就武装起来
世界无非这样
要么战死
要么跪着吃食
要么痛痛快快打一场
江湖不远
一颗子弹就是腥风血雨
再砌一道墙吧
趁着世道正黑
人的一生仿佛在穿越一堵墙
所谓胜负，不过是输了寂寞
赢了也寂寞

昭君吟

进了草原，才知道一辆宫廷马车的渺小。小到
车辙很快就被滚滚风沙覆盖，一粒沙的名字
和一个部落的名字错落相间，清瘦而又弱小
进了草原，才知道星星的密集。密到
随便落下几颗，也不会有人注意。就像
一枚掷进局中的棋子，进退不由身
落雁而已，草原到处都有雁群投下影子
就这样，美丽从来无人问津，尤其在草原深处
一草一木的惊艳与凋零，各自意会
更没人在乎中原方向发生了什么
无非是单于带回来一个女人，世上又多了一个苦命的
打猎，打仗，打天上落下来的月影
冷得很呀，星星、草原、黎明、我的衣衫，都冷
大汉朝太远了，再洪亮的“吾皇万岁”也传不到这里

有的只是马蹄声碎，万碎，万碎，万万碎
大队马群突然经过，一车车地拉走我对爱情的幻想

三年。那不回去了吧。一别已是匈奴大汉两重天
父亲和儿子，都与我血肉相连，再也分不清
南郡秭归，牛羊马群，哪个才是王昭君
曾经叫我娘亲的孩子，现在成了我的丈夫
永远忘不了成帝的“从胡俗”。三个字
随随便便毁掉了我的一生
从夫，从儿，从孙，从男人
罢了，边塞的烽烟已经熄了五十年
还有什么比和平更珍贵呢
塞外的牛羊吃草到太阳下山
长安的小贩吆喝到太阳下山
我在天黑以后数数白头发
不比落到地上的星星少了
没人知道，匈奴的天空特别黑
就像没人知道，入夜后的大黑河
没有一束光落进来

我的孤独

我的孤独从 19 点 18 分开始降临
它沿着城市的边缘慢慢生长
融进四月的最后一个夜晚
城市很低
有些寂寞被挤压，说不出话来
我愿意和一盏路灯长期对视
聊聊这无依无靠的一生

我只有十八岁
想和其他成年人一样
在路边多坐一会儿
一切还没准备好呢
所有的路灯突然就黑了

红色多壮烈

明天，爹要去长征

等娃儿生下来就叫明天
大儿子在反围剿中战死了
二儿子在王母渡没了消息
这是最后一个，明天
娃儿长大时战争如果还没结束
就让他继续参军，不管是男是女
明天要好好吃饭
长壮了才能和敌人拼刺刀
明天生下来就不能哭
红军的孩子不会掉眼泪
多听听号声和枪声
战争堆里长出的都是铮铮铁骨

明天爹就去长征了

孩儿，爹再给你做一顿饭
你好好闻闻
记住爹爹的样子
还有那节节向上的炊烟
它们会跟远处的硝烟混合
并且战胜它

越夹金山

再爬一百米，还是雪
越过这场雪
我们的战士又少了一些
班长是冻死的
副班长是饿死的
四川老乡是失足摔下去死的
没有一个人死在投降的路上
在夹金山，一棵草就能解决温饱
一块石头就能睡上一个小时
没有任何地方比这里更澄澈
干净的雪，无邪的战士
永远向前向上的脚印
雪花的美好
在于战士的玲珑剔透心

红　嫂

并不是红军的妻子才叫红嫂
并不是扛着衣物运到前线才是红嫂
在国破山河在的长征路上
所有女人都是红嫂
为了被围剿的河山
为了河山边缘打仗的千千万
没有给我枪，我一样可以打仗
把鞋底纳得厚实一点
把粮食凑得够数一些
把家里的老人孩子照顾好
把要流出的眼泪咽回去
把院子打扫得干净一些
等着男人回来，等着敌人溃逃
这就是中国的红嫂
战火里哺育大地，灰烬中红了山河

箭在弦上

不能出声，前方是扫荡过来的敌人
身后却是一整个村子的老百姓
但有些时候又不能不出声
压迫和屠杀面前，沉默就是懦弱
再上前一点吧，咱们的子弹还飞不过去
刚会打枪的那个战士还有点紧张
趁着几分钟的喘息，望望长沙的蓝天
想想蓝天下放羊的老爹老妈
以及湘江边上正在洗衣服的孩儿他娘
几分钟后，这片蓝天将被战火抹黑
亲人会吓得丢掉羊群和衣服
匆匆躲起来，躲到没有光明的地方
而敌人跨过来那一刻起，我们就是光明

怒号金沙江

号吧！怒吧！围剿吧！
不就是鬼门关吗，谁都逃脱不了
我们的巧渡神不知鬼不觉
我们的枪子藏在冰冷的水中
我们一个大步就跨过了一条大江
水冷冷的，风凉凉的，枪声密密的
这算什么，不过是我们舞台上的伴奏
再猛烈一些吧，金沙江！
我们的长征，需要更动人的歌声

红色多与壮烈有关

红色多与壮烈有关
而赤水是从 1935 年 1 月开始红的
那年，战火从江边烧到身上
赤水两岸不谈胜负，只有生死
那些和赤水一样火红的红军战士
在枪林弹雨中奔袭
一次，两次，三次，四次，一生一世
战士倒下了，咬牙再站起来
彼此携扶，扶一扶火中的影子
扶一扶黑暗深处的黎明
扶一扶老家妻子的等待和叮嘱
敌人倒下一个，赤水就红了一笔
那条江的名字由此被人们记住
五星红旗也跟着深亮了几分

大草地之歌

野兔，没有
野菜，没有
干净的水，没有
大草地深处
敌人的追赶不止不休
草能隐身，草能果腹
草站直了能够触到整个天空
在长征路上
我们的战士都是草
我们的草都是红色的
一棵棵，一个个，密密麻麻
苍天厚土，日月星辰
照亮我们吧
野火烧不尽，枪炮打不倒
因为我们拥有一颗
面朝胜利的心

再贫瘠的土地，也会结出果实

镰刀和斧头，藏起各自的心事
在乡下，今年目标只有一个
大地的收成，秋天的果实
他们相信，再贫瘠的土地
也会结出果实
再小的果实，也能照亮一片灰暗的天空
毕竟风雨后面有坚实的臂膀
丰盈不属于一个人，在大地之上
镰刀和斧头撑起的天空
因为亲密而变得格外高远

说到爱国

说到爱国，说到五星红旗
说到二十四字核心价值观
不要感觉它们离我们多么遥远
在乡下，扶贫干部每下一次乡
每次老乡那深深浅浅的微笑
每一声谢谢，每一句告别
这都是爱国
一次下乡，可能改变不了今年的收成
但是我们看到麦子长高了
玉米变黄了
各种补贴越来越到位
地里的高粱咧嘴地笑
每笑一次
我们的五星红旗就深亮了几分

美丽的事物都很小

在乡下，美丽的事物都很小
小得晶莹，小得剔透
小得闪闪发光，生机无限
就像庄稼地里的种子
从小开始，慢慢长大
变成千家万户的收成
而党员干部只是一株小小的花儿
开在乡间小路的一旁
不站在地里，窃取庄稼的营养
不开得太艳，让那些玉米花生美丽于他
让那些早出晚归的乡里乡亲
能够在红崖山水库的岸边遇到
他不会兴奋地叫出声来
他会像庄稼一样默默坚守着
不说话，却享受着人间的幸福
一代接一代，小小的种子
越长越大，发芽开花

贫困户的通讯录

乡下的贫困户
每个手机里都保存着一个号码
不是父亲母亲的
不是村外收粮食小贩的
也不是县人民医院主治大夫的
它们拥有一个共同的名字——扶贫办
生病住院了——打这个号码
老房子危险了——打这个电话
包工头拖欠工资——打这个电话
这个号码就像二十四小时长明的灯
永远亮在贫困的乡亲们中间
夜再黑，也能看到光芒

她说

她轻轻拍了拍他的手
说今年收成不错
包村干部也来送过米和面
去年的补贴都还存着呢
那种感觉就像母亲
在对儿女唠叨家常

十八大以来，村里的路宽了，水绿了
粮食吃到后年都够
她还说，种地比以前容易了
党员干部们也经常来
地里的庄稼越长越高
差点高过了所有贫穷

老张的茶园

老张的茶园比去年热闹
村书记，包村干部，电视台记者
一下子来了好多人
他们问这问那
甚至比自己还要上心
肥料干净不
害虫多不多
浇水是否方便
采摘的时候用不用添人手
老张也因为茶园上了电视
电话多了起来
订单天天都有
买茶叶的甚至还有外地的
老张想，贫困还真不是事儿
穷有穷的福气呢

美丽的事物多与红色有关

美丽的事物多与红色有关
红得丰盈，红得热烈
红得生机无限
而我愿意做一株红色小花
开在乡间大地的小小角落
不需要五颗星星，哪怕一点落日的余晖
也足够温暖我

偶有进城或下乡的人群经过
我不会兴奋地叫出声来
我会像他们一样默默坚守着
不说话，同样享尽人间的幸福
一代接一代，像红红的火焰，永不停息

我不敢说我有多爱国

我不敢说我有多爱国
七十年了，山河被重新定义
你说，红色多与壮烈有关
赤诚，坚毅，热情，熊熊不息
你说，七十年了，疑问总在困难时出现
每天都有新的答案
关于阴霾，我们已无所畏惧
关于未来，我们用双手创造

我不敢说我有多爱国
戍边战士饱受的风霜远比我多
五星红旗听过的哭号
比我最深的梦魇更让人战栗
你说，黑是短暂的，就像

曾经穿越过的夜色
你说，别怕，天亮就会有一双妈妈的手
打开冰冷的窗子
环卫工人殷勤执着
路上的心事被一一扫走
七十年了，尘埃皆已褪去
阳光会照亮昏暗的角落
你说，无论穿着什么样的鞋子
都是走在康庄大道上

我不敢说我有多爱国
三尺讲台上粉笔挥舞的速度
比我匆匆上班的步伐快得多
比草原上空飞过的乌云
更加让人流连忘返
你说，课桌上洒下的汗水
跟插秧地里流过的一样珍贵
七十年了，无数坚定又沉稳的步伐纷纷离去
他们把重物扛在身上，不说一句委屈
他们把背影留给后面的人，只说一句
“别怕，大胆往前走”

我不敢说我有多爱国，我的故事不足以讲述
走在前面的人，他们的一声不吭就把一部史书写完了

你说，爱国并不是一件抽象的事情
对不幸报以悲悯，对未来报以勤恳
对同事尊重，对工作敬畏
对陌生人的每一声谢谢，每一句珍重
这都是爱国

我不敢说我有多爱国，因为我知道
我的国远比我自己更爱我

荆轲西行

起风了，这一去正好在深秋
如果回不来，就给我建一座塔
比狼牙山低一点，比苦难高一些
塔周围种满石头，千年后开花
燕赵之士，没有一个死在沉默里
高渐离不知咋了，今天唱的曲子格外难听
我不就是西去嘛，太阳下山也是那个方向

左羊之交

故事早就流传了千年
不变的是你我避过寒的桑树
种在易县根部，在祖祖辈辈中发芽
开花，结出保质期最长的果实
说好的一生一世，说好的同生共死
再过几百年，那棵桑树和那些故事也老了
不老的是那场大雪，以及在大雪里遇见的你

太阳已焕然一新

——“万物皆有裂缝，那是光进来的地方”

1.

黑陶尚在梦中，光已穿越无数阴影
此后，许多老旧的事物焕然一新
后羿留下的火种，被海风再一次吹亮
或明或暗的岁月里，总有一些光留下来
——长久地，不曾磨灭地
请记住你经历的明媚与黑暗，在这座小城
“阳光下没有任何古老的事物”，你说
再古老的黑陶，光走过也会焕然一新

从碧海路开始，黑陶里遗忘和珍藏的一切
纷纷涌现出来。活跃，有力，勇敢，生动，
多么明亮呵，举着火把赶夜路的人

因为一声海浪抬了抬头，那一刻的天空
明媚如白昼，那一刻之所见
正是七十年不曾改变的意中人

渔船载着大梦，驶出万平口，未来之路星光闪闪
七十年了，每次等待都值得，每次耕耘
都在阳光里获得收成
巨船载不动，众多心愿如许
衣衫被海风吹得格外柔软。那些沙子
开始学会等待与挂念，开始学会
把最柔软的部分吐露给海鸟与渔歌
唱晚，是唱不完的落日余晖
是漫漫长夜之海，是码头上端着热饭满脸担忧的妻子

一些往事在两城附近出土，过去的经历弥足珍贵
你说，不能忘记那些开疆拓土的前辈
不能忘记大地上走过的每一个影子
2019 年的日照，黑陶依然保持神秘
古拙的光已把疲惫洗尽
盛水，煮茗，留住光，包容万物
黑陶在做一生坚持的事情
把心酸和委屈装进去，把朴实和善良装进去
把华夏文明的蛛丝马迹装进去
——装进去才能留下来，你是这样说的

四十年改革开放，七十年峥嵘竞相远去

蓝天，碧海，金沙滩，明晃晃的一切
别忘了曾经一起吃苦的人，你说
黑陶周身的印记不会磨灭，流过汗的土地才能硕果累累
在日照，光能穿过所有黑暗，且铿锵有力
如果天空偶尔阴霾，不用过分担心
在这座以光命名的小城
太阳的到来从不会耽搁太久

2.

太阳鸟从第一束阳光中醒来
挥动几下翅膀，就让这座城市变得明亮异常
火光朦胧，一群步伐坚定的人跟着走了出来
黄海路附近的楼群一夜长高，高过无数贫穷和疲惫
最早的火车启动了，它们的去向神秘
祖传的淳朴和厚实，跟着火车去往四面八方
游子，旅客，布道者，等待了很久的人
终于走在一起——长久地，不变地

我住的渔村，每天都有劳作者早出晚归
他们最先感知光明，然后温暖细小与宏大的人间

包括渔船、沙滩、草木、人群、瓦房
以及屋顶上方辽阔而苍茫的空间
这座小城，告诉我们一缕阳光的心事
告诉我们每次出海的喜悦与期待
告诉我们一枚樱桃怎样在光的襁褓里成熟
告诉我们只要勤恳就一定能让身影镀满金光

我住的渔村，皆是出海之人。历经风浪的鱼
已经在光芒下翻身，反复地，改头换面
重新认识这座日新月异的城市吧
秦楼街道的向日葵，在旧城改造中更加挺拔
没有什么可以改变面向太阳的初心
艰难困苦皆成昨，你说，以后都是好日子

海风热情，越过千山万水，迎来无数光明
累了，就像那群早早等着赶海的人
找块石头坐下来，放空自己
听一听太阳之城的乐章，听一听一缕阳光的复杂经历
有时候山歌落在茶树上，叶子异常明亮
有时候落在光里，茶香便跟着荡气回肠
门口的老人，期待一场满载而归
落日余晖告诉专注的采茶人
该回家了。你说过，逆光行走才能更加步履坚定
我住的渔村，灯塔长明，照亮所有迷路之人

万平口广阔，收留世间无数失意的航船
“有心事就出海”。一天中最新鲜的光，沿着末端波浪生长壮大
伤口会在海风中愈合，会开出黄色的小花
在日照，在山与海交汇之地
阳光从不会偏袒任何一方

我住的渔村，稻谷谦卑，沙子细软
海鸟和无数打鱼人一样早出晚归
在太阳的光芒下，它们敢于突破困难与障碍
就像无数祖辈父辈，开垦，耕耘，收割
所有流过汗的土地，都会有他们坚毅挺拔的身影
它们飞过姜太公的鱼竿，飞过海洋文明的原始图腾
飞过荒蛮，飞过盛世，飞过六路公交的最后一站
它们的跋山涉水，终点注定充满了光明

3.

与一枚贝壳交换秘密，便能很快洞悉大海的美丽与沧桑
便能了解一座城市崛起背后的艰辛和努力
七十年了，沧桑历尽，出海的船趋于沉稳
它们熟知路途，就像熟知通往光明的路径
在日照，在第三海水浴场，做一回闲钓之人
如果遇到开门的贝壳，请温柔地对待它们

你说，“万物皆有裂缝，那是光进来的地方”
在任家台，在李家台，在王家皂，在每一个近海的渔村
但有大潮，必定涌向人群中最勤恳的那部分
赶海，拾贝，踏浪，行走，海水收走的脚印
深了又浅，浅了又深
就这样，那些人在无数次深浅里成长，成熟
“阳光不会错过每一张专注的脸”
你说，“出海的人，最先成为神明”
他们伸手，从水中获得恩赐
他们起身，把背影留给大海
只有光知道中间发生了什么事情

人的一生至少要出一次海
体会波涛汹涌里的浩瀚无穷
体会风平浪静多么来之不易
“太阳每天都在受难，它仍然把光分给众人”
只有出过海的人，才有资格谈论苦难。才有资格
与几十年的风尘仆仆告别

你说，胸中有大海，才能沐浴更多阳光
你说，要做最早醒来的人，要举起火把
去敲响每一扇紧闭的大门
让面朝大海的窗子主动打开
“只有打开自己，光才能进来”

于光中，我们获得救赎与重生
就这样，走过海岸线，走出风风雨雨的金沙滩

七十年了，曾经走在前面的人已经步履蹒跚
但是他们的目光依然坚定，只一瞬便能与世间的黑暗告别
七十年了，古老的太阳已焕然一新
你说，无论发生什么，不要放弃追逐光明
你说，哪怕只迈进半只步子
就能感受到这座城市前所未有的真诚

秋天的夜晚

秋天的夜晚

秋天的柿子哪里去了
为什么世界一片金黄
小伙伴的秘密被传开了
到处都是破碎的绿色泡沫
飞呀飞呀
飞进很多人的耳朵
“砌成一道墙”
为什么他深信的月亮
今晚没有露出头来
难道它比我还害羞?
今晚。回家的路昏暗
卷子发下来后
我比平时多走了很长时间

今晚妈妈不在家

今晚妈妈不在家，我把所有灯都关了
奶油做的月亮爬进来，屋子好亮
我听到星星在敲阳台的木窗
我看到那只从不说话的龙猫醒了
它从纸上跳出来，偷偷对着星星歌唱

今晚妈妈不在家，我要把书包倒个精光
塞满玩具，让小星星和大月亮也进来
我要把门窗都打开
我要在地上打滚
我要把得了“良好”的试卷画在墙上

今晚妈妈不在家
我要骑着木马去外婆的瓦房

我要让手心的小闹钟倒着转
我要让糖果结在树上
我要把夜空的云朵涂成蓝色
我还要给每一个梦插上翅膀
让它们飞，飞到飞不到的地方

我才不管呢，反正妈妈不在家

给爸爸的信

爸爸，我一米三了
已经能够摘到院里的柿子
你说回来抱着我摘柿子的
同学笑话你是煤炭工人
半年不回来一次
我经常反驳他们
说你秋天就会回来，等着瞧
爸爸，你快回来吧
妈妈总说你过几天就回来了
过几天，过了几天
爸爸，我已经等了一个学期
爸爸，我都快长大了
爸爸，你再不回来
今年的柿子该落了

玩　水

雨顺着瓦缝漏进去
一起漏的
还有院里拧不紧的水龙头
就这样，我的童年多与水有关
湿漉漉的，从内到外
母亲一个人舀屋里的雨水
一瓢又一瓢
总也不尽
尤其下大雨的时候
我喜欢光着脚跑来跑去
从屋里到院里
俨然一个水乐场
唯一的不同是
屋里的水
总比院里的浅一些
不好玩

雪天画画

我的羊丢了，我的草原
孤零零长在白纸上
窗外很热闹，有人在堆雪人
那是我吃剩下的棉花糖
白茫茫的，雪一片

天　空

天空出奇蓝
因为老师忘了布置作业
我走在蓝天下，多么开心
就像还没上过幼儿园的小孩

白　云

那是我画上去的
待会儿我还要画只乌龟上去
让它慢慢爬
比我去上学的速度还慢
风一吹，它就不见了

月 亮

一点都不像船
你分明是个没人要的孩子
找到天明都不见妈妈
可怜的月亮，别哭
等放学回家
我把妈妈借你好吗

石　头

真好
扔进水里
就再也冒不出来
不像我
总会因为小事被唠叨个没完
我有一个秘密
藏在水里
好多天了

风

我抓住你了
我的试卷就是被你吹走的
我要养着你
给你喝水，吃饭，上学
我要让你变成铅笔
我一写字，试卷就飞了

教室的表

教室的表很刺耳
滴答滴答滴答
就像老师生气时的嘴巴
张开闭上张开
停不下来
我想到家里的水龙头
拧不紧
妈妈接一个脸盆
水滴在上面
一滴一滴一滴
碎了
每一滴
都让我心疼

后 记

山东省作家协会（以下简称“省作协”）第七次代表大会后，省作协党组深入学习贯彻习近平总书记关于文艺工作的重要论述，认真落实中央和省委关于繁荣发展社会主义文艺的意见精神，大力实施“文学名家工程”带动战略，于2018年5月23日挂牌成立以中国作家协会副主席、著名作家张炜的名字命名的工作室。省委领导和省委宣传部对张炜工作室工作高度重视，从教学管理、主题研学、学术交流和资金保障等多方面给予具体指导和有力保障。

张炜工作室成立两年来，在张炜主席的亲自主持下，设计实践了具有创新意义的教学形式和课程体系，特聘七位专家协助开展教学辅导工作。两年来，工作室五位高研班学员和五位普通班学员分别走进山东大学、山东师范大学、鲁东大学、万松浦书院、湖南理工学院，参与开展了“新青年写作与文学生活”“文学鲁军新力量创作谈”“在世界性与地方性之间——鲁湘作家评论家对话会”等多场对话交流活动。工作室多次组织师生赴省内外主题研学、拜访文学名家、深入开展多种文学活动。经过两年的系统研修和创作实践，十名学员在文学观念、学术视野、思想境界和创作实践等方面都有了很大提升，创作了许多优秀作品，并被收入文学选刊、年度最佳选刊等多种文学出版物。为充分展示工作室两年来的教学和创作成果，在张炜主席的倡导和主持下，由特聘专家审核把关，工作室编选了这套“张炜工作室文丛”。这套文丛既是张炜工作室学员文字作品的首次集体亮相，也是他们漫漫征程的肇端。

省作协党组对“张炜工作室文丛”的编选出版工作高度重视，党组书记姬德君同志多次当面征求张炜主席意见，及时了解编选进度并协调力量做好服务保障工作。省作协文学创作室主任（山东文学馆馆长）刘青同志承担了具体的联络协调组织工作，文学创作室（山东文学馆）的朱东丽、赵峰、赵丽凤、邓庆龙同志参与了编务工作。工作室特聘专家刘玉栋、马兵、丛新强、张丽军、顾广梅、刘永春、赵月斌等参与了“张炜工作室文丛”的策划和编选工作。省作协办公室和山东教育出版社对“张炜工作室文丛”的出版工作给予了大力支持和帮助，在此，谨致以诚挚的感谢！

张炜工作室文丛编委会

2020年6月